ビギナーズラック

［目次］

I

ワールドイズファイン

ワールドイズファイン、センキュー膜っぽい空気をゆけば休診日かよ

常緑樹に降る雨の音を聞きながらコーヒーはひとりで淹れられる

カロリーの摂取にメロンパンはいい　となりでケンカしている男女

リプトンのシールが僕の足元でふやけてるのをそっと見ていた

水道水不味いと思いながら飲む　胸とその周辺がほぐれた

身分証がなくて追い出される僕とそこに残るボウリングのピン

噴水がきらきら喘ぐ　了解ですみたいなメールをたくさん送る

だらしなく降る雪たちにマフラーを犯されながら街が好きです

街だって自然だし造花だって咲いてるよ。　どうしてぼくだけがぼくなのだろう

検温計を静かにしまう昨日歩いた街のにおいを閉じこめながら

シティトライアル

イヤフォンのコードをほどく夕ぐれの雑誌売り場に取り残される

半月が出てる　丁寧にていねいに排水溝に捨てるレシート

雨の降りはじめが木々を鳴らすのを見上げる　熱があるかもしれない

立つままに解体されるマンションのすき間すき間に夕光《ゆうかげ》はふる

それでも町は生きものだからいい　ぼくの自転車がない　でも、だからいい

事故の形にガードレールが歪んでる交差点にもあるんだ月は

ストローを刺してあふれるヤクルトの、そうだよな怒りはいつも遅れて

パブロンでなんとかなると信じたい　春なのにダウン着てねむります

ぼくの手にiPhoneだけが明るくて自分の身体で歩いてゆける

ツタヤ以外のレンタルビデオもあるんだねみたいな顔をきみにされてる

しろじろと工事現場のプレハブが立っていてする夜露の感じ

半分に折ればこんなにさみしいサイズ　Ａ５の紙をファイルにしまう

街灯がしっかり地面を白ませてだれもならんでいないバス停

まぶしいものに近づいてみる近づいて舗道の上に柿はひしゃげる

モノレールが夜景をひらく　この町と知らない町の緩い連続

cube

すべてのものが立体的に見えすぎてこまる　微熱でゆく並木道

冬のひかりにぼくの体があたたまる　都会で暮らしていたいとおもう

湖も掬えば水になることを告げてあなたは夕景に立つ

あなたには言えないことが多いから草原、こんなにもぼくの胸に

こっちのはやめてあっちのラーメン屋　あなたが歌いだす春のヒットソング

音楽にあふれて歩む鴨川の、ようやく気持ちが追いついてくる

ぼくにはぼくがまだ足りなくてターミナル駅に色とりどりの電飾

モード

部屋のあかりの点いてるとこといないとこ　ベランダに出てどきどきしてみる

激おこぷんぷん丸、って指は打ちながらトタン屋根の汚れているところ

ほんとうのことはなんにも言わないでぼくたちは深夜のなか卯なう

そういうの邪道だよって笑われながらレースゲームできみを追い抜く

ぼくもあなたも大人になって生活のあちらこちらで見つけるさなぎ

お金もらってうれしい真昼　バファリンでお酒を飲む　風景が体になじむ

Sorry, this video is not available.　ほどけてしまう的な感覚的な

Singin' in the rain

歩道橋から赤い灯りをゆびさしてそこだけが眩しいガス・ステーション

冬と春まじわりあって少しずつ暮らしのなかで捨ててゆく紙

地下街はやけに明るく働けば働いたぶん貰えるお金

いつまでも解体工事のTSUTAYAの、ぼくもそのうちあなたを抱くよ

寝返って部屋の空気を動かして（炎のようにありたい）ねむる

風向が変わる（肉体とはつねに抜け道、）草のひとつをつまむ

公園に白いつつじがつつましくひらく力のなかを会いにいく

近代文学の講義を抜けてきみは来た銀杏葉のやわらかさの下へ

川は川をただ運ぶのみその様をきみに頭をあずけて見ていた

印象派展をみにゆくぼくたちに春　むき出しの世界を歩む

雨があがってすべてのものが鋭くて夜の舗道に空き缶がある

生きていることがほころんでゆくようなへんな擬音をつかって笑う

春雨の向こう確かに空間を犯してたんだあせびの花は

きみが青いリュックを抱いて眠りゆく電車でぼくは海を見ている

複雑なかたちに海は光ってたそれからあとはさびしさだった

スーパーの青果売り場にアボカドがきらめいていてぼくは手に取る

虚無《コミュ》力がほしい　けっこう降ったあと光ってた、濡れている草ぐさ

噴水が水をひかりにひらきゆく　裸体をおもいえがいてしまう

カー・ラジオにのん気なラブソングありえないことばかりじゃなくてきみは水玉

きみが花をきみの視界で見てるからぼくは手を握っているだけだった

生命保険会社のビルの窓ガラスが風景を反射する　ぼくは無力で

実験がうまくいかない　ホイールのまぶしい春のサイクルショップ

木下闇《こしたやみ》のベンチがそこに変わらずにあって座って音楽を聴く

満月の真下のコインランドリーで読む論文の、ひどくしずかだ

夜のあかるい波止場のようにきみがいてきみに抱きしめられぼくがいる

隣人のしている声でめざめてる　心を重たいサイが歩むの

あかつきのきみの背中をグリーンの蛍光ペンで彩っていた

奪ってくれ　ぼくの光や音や火が、身体があなたになってくれ

きみを抱く　ほんとうにいまきみを抱く（怖い）湖のように静かだ

遠くに近くにかすかに揺れるはるじおん　いろんな顔をぼくに見せてよ

もう何度も同じこと繰り返してる　電線がたわむ　すべてが美しいんだ
あなたのためのぼくでいたいよ夕暮れのsingin' in the rain　とめどない
自転車のパンクを直す一面のシロツメクサを見てきた帰り

打ち切りになった漫画のことだって火花のように覚えていたい

秋になったらあなたが連れてくる秋のその中で何度も眠るのさ

やめたサークルの同期会のお知らせの通知、その通知の薄明かり

スペシャルサンクス

どのかなしみも引き受けるからはつなつの回転寿司を食べにいこうよ

あれはかつての恋人の家　遠いほど細かくなっていく夜景光《やけいこう》

見てきたことを話してほしい生まれ育った町でのイオンモールのことを

終点まではいかない電車にとりあえず乗ってその場所までを喋った

服を買ったりしながら生きる　ふっくらと三条木屋町はだけどさびしい

もしかして何も考えずに済む話　濡れている手すりを手で拭う

曲がらなきゃいけないところを過ぎてしまうごめんねってメールを打ちながら

ちょっとのことにいつもつまづく　水槽に光る魚群をきみは見ている

生活はとても良いこと（加速しない）幼稚園の横をバスは横切る

噴水をかたむけながら吹いている風、なんどでもぼくはまちがう

雨が降ったら

ただの道　ただのあなたが振り返る　月明かりいまかたむいていく

空港へ向かうモノレールに乗って空港までは行かずに降りた

国宝はたぶんなんだかやばいやつ　ガラスケースに手が触れている

ツチノコはいないとおもう　公園のベンチで飲んでいるpiknik

久しぶりに聞いた名前をWikipediaで調べてその略歴におどろく

心臓が動いてるけど駅前の広場で　つらぽよって低くつぶやく

幼いころは思い出せずに冬草の上にちいさく雪が光った

デニーズのグラスワインで乾杯を　雨が降ったらあなたへ傘を

冬の炭酸

論文のFigure 1に枯木立あらわれて冬の寒さへ到る

秋の光をそこにとどめて傘立てのビニール傘をひかる雨つぶ

暖房をつければ一回だけ鳴った風鈴　しばらくひとと会ってない

夕立がふれば冷たくなる都市の、あまねく都市の排水機構

頭の中で気になっていることがある　小さく大きく雪は降りだす

公園でタバコの高校生たちと噴水のあかるさを見ていた

触れるとききみに生まれる紫陽花もふくめて抱いていたかったのに

マジっすか、やばいっすねと応えつつこころは雨の花へ寄り添う

上終町《かみはてちょう》という名の町で降りたけどそうでもなくて歩いて帰る

奨学金を春から増やすということをおもいつつ夜の階段を下りる

道ばたの草も濡らして雨が降る　ぼくはこころに曳かれて歩く

夜と夕暮れのあいだにくっきりと光を溜めて立つ新書店

みずうみのような眼でぼくを見てゆっくりと閉じられるみずうみ

II

寿司以降のcolor space

人身事故で電車が動かなくなって外にある桜を撮っている

コピー機が緑に光る／きみのゆるいまぶたにキスをしたいとおもう

コカ・コーラを瓶からついでくれるときぼくの視界はゆっくり縮む

夕暮れはぼくの中までおとずれて郵便局を閉ざしていった

四角いケースを背負った女の子のたぶん楽器だな、抜けていく改札

鴨川を沿ってあなたと歩きながら春草がほんのり見えてくる

雰囲気イケメンって別に悪いことじゃないでしょう、そして角度の変わるクレーン

キリトリ線

永遠に寿司が食べたい…ぼくはあなたに憎まれもしたい

犬とヨットの風景

春の窓に葉っぱは浅く触れあってノートを埋めてゆく機械学

お祭りが偶然あってそこにある空間へ透けてゆくさくらばな

いやいや、それは違うくないですかって楽器のように話しはじめた

もう出ない蛍光ペンの筆先をざらざら押し付けながら会いたさは

百円硬貨落とせば道に花は咲く　きれいな気持ちで死んでいきたい

とんかつがパフェにささっているものは二十一世紀の味がする

欲しくなればどんどん欲しくなっていく　犬とヨットの風景がある

交差点を斜めにめっちゃ走ってく舞妓はん　せつなさ　まいこはん

目が覚めて大雨な夜　その雨を聴いてたはずが明るんでいた

うすあじのポテトチップス　なかゆびであなたへと返信を送った

ずっとずっと滅んでいこう参道の手すりのペンキが遊具みたいだ

たくさんのココアと加加速度

躍度《やくど》あるいは加加速度《かかそくど》は、単位時間あたりの加速度の変化率である。
（「躍度」『ウィキペディア日本語版』。２０１３年３月９日（土）03:43 UTC）

気にしないでって言ってる方の僕が気にしてる　桜ももう散っちゃった

お団子ののったお皿を持ち上げてお祭りなんだぜんぶがぜんぶ

歯磨きは１０分ぐらいしたほうがいいと言われている夢だった

電柱と塀の間をくぐりぬけパワーを出そう次のそれまで

きみとならもっとおいしいサイゼリヤのパスタを食べるずっと先まで

だいなしの雨の花見のだいなしな景色のいまも愛なのかなぁ

お酒をからだに入れて遊んでからだからお酒とお酒じゃないものが出る

春がきてきみとふたりでいることの楽器を弾けないようなさみしさ

ぼくの気持ちは２４時間営業のお店でぐちゃぐちゃに座ってる

自動販売機を積んで行くトラックと心もとない四月のぼくと

永遠のような始発を待つ春の、羽生善治のことを話した

きみがケトルでココアをお湯に溶かしてる　瞬間はなみだの加加速度

生活の修辞学

風が吹き、けれど意外と揺れてないそこにある草　ゆっくりと坂

みんな立って丸く手首をぶら下げて空間に電車がやってくる

グラスへとつめたく満ちていく光きみの思考はわからなくても

ミンティアを次々食べて男性がため息をつく空気がまわる

川の内部を流れる川は見えなくて夕暮れにたばこが点いている

町じゅうのマンションが持つベランダの、ベランダが生んでいく平行

すこしも役に立たなさそうなものになりたい　ペットボトルをひねるつぶれる

男からチューブの伸びている鞄どかしてくれた席に座った

高槻農場移転

靴に泥かがやきながら乾くなら閉鎖の前の農場をゆく

九割はもう均されていちまいの田んぼが実ったまま朽ちている

ガードレールがわずかにへこみ陰をなすところに触れる遠く半月

2015.11.14　Paris

ぼんやりとテレビにパリが燃えている　マーマレードが口にひろがる

面接を終えて奇妙な明るさに帰る電車の外は降ってた

肉を食べたりおしゃれな服を着たりしてぼろぼろの十円銅貨みたいだ

キャンパスに誰かのガムが落ちてある　冬の深まる空気のなかに

アルバイトから帰ったら母親の見た感じちょっとやばい体操

〈人間ドック受付中!〉と書いてあるビルを過ぎたら春めいてきた

言いたいけど言ったらすこし傷つけてしまうだろうな終わる三月

手に触れてきみと歩けば菜の花がびくびくと咲かせてる菜の花

きみの瞼がきみを閉ざしているあいだひっそりと木立になっていく

見つけた、と小さな声で告げられて振り返ったら満開である

本の帯をいためてしまう愚かさで暮らしていくだろうこれからも

柿の種道に散らしていくようにさびしさをあなたは置いていく

電柱がわりと斜めに伸びていることに気づいた　みたいに好きだ

ふんわりと犬をかかえて歩くひと　サングラスごし　ほほえんでいる

会いたいねってなったら会ってリクルートスーツときみと見た藤の花

相続のことを話しながら母はいちごに三温糖をまぶした

太陽光パネルのついている家もいっしょになってすすむ夕暮れ

もっと力を抜いてふつうに生きていくきみのすね毛を愛することも

千円を吸いこんだあとモーターの音が鳴り千円が出てきた

たばことか神社の話をしてあるく　ふつうでいたいなこのままずっと

さらに音楽は鳴り続ける

すれ違うときの鼻歌をぼくはもらう　さらに音楽は鳴り続ける

直伝の鳩の鳴き真似たのしいな　いつかあなたを離れたとしても

恋ですよ　芋の芋まで掘り起こしありったけポテトフライにしたい

ラグビー部かアメフト部かはわからない広場にすわっている男の子

金属の手すりがすこしへこんでるだけなのにとことんさびしいな

たばこ吸うひとにくちづけするひとがたばこの味を知る秋の空

まわらない寿司まわる寿司まわしてもまわさなくても変わらない寿司

瓶のウィルキンソンを逆さに立ててみる　ずるしてもあなたは老いてゆく

大技

うってつけの石があったら投げようよ夏盛り、鴨川のほとりに

終わらせてしまいたくない　卓球の本気のラリーきらめく深夜

ナチュラル・アメリカン・スピリット喫いながらこの世の続きはどうなるのかしら

ちょっと困って飼い主がひっぱったってそこから動かない白い犬

５００円玉が財布に２枚あるちょっとうきうきする大通り

おしぼりの袋がひじに貼りついて５年分の浮かれっつらしている

けん玉のじょうずな子ども見ていたら大技っぽい技が決まった

秋晴れの改札口を抜けてきてあなたが持ってくる自撮り棒

季節外れのひまわり畑にすわらせて笑わなくてもいいよ　そのままで

かまわない

見えてくるビルだんだんと伸びながらこのまま膨らんでゆくのかなぁ

フードコートはほぼ家族連れ、この中の誰かが罪人でもかまわない

終電のホームへつづく階段の手すりの鈍色も忘れない

来るはずの京都市バスを待つことが祈りのようにある大晦日

明けたってなにも変わっていないことたとえばきみとつづく通話の
Everything is my guitarと叫んでるカラオケボックス　空っぽだから

噴水を見て立ちながら初恋の歯ならびもいまはまだおぼえてる

ロッキー

帰省した部屋のソファーでねむるとき匂いはしてももういない犬

恋はすべてを追い抜きながらやってきて心臓にはまりこむド直球

暗算

２０１６年もユニクロをこのように着古してすばらしいユニクロ

川べりは工事の人があるいてる晴れだけどなにもやる気起きない

街路樹を支える丸い木材に真っ赤な手ぶくろがはまってた

釣り竿を生で持ってるひとたちといっしょにエスカレーターのぼる

モチノキを見て『モチモチの木』とおもうけどそれはトチノキ　初恋のこと

夜の居酒屋はじけるような暗算を見せつけられてうれしくなった

携帯電話でこどものあそぶお蕎麦屋にピンクのストラップがゆれている

江ノ島のあなたの膝にねこが乗る　撮ろうとしたら逃げちゃったねこ

手紙

東京でも元気でいてね

きみと過ごしたどの季節にも鴨川があり鴨川をはなれてしまう

きみを見たらきみが笑った一瞬をそのいっしゅんでわすれてしまう

III

緑のベンチと三匹の犬

父親とラッパの写真　父親は若くなりラッパを吹いている

プリンぐちゃぐちゃにぐちゃぐちゃにかき混ぜる　桜の過去のきみに会いたい

こころゆくまで郵便局の入り口にさかさに置かれてるカップ酒

三匹の犬がこっちを見つめてる　茶色いやつがいちばん見てた

フジカラーの緑のベンチふたつみてずっとその後見かけて座る

割り箸と空気が絡み合っているきみが帰っていったそのあとも

自然

ソフトバンクの駐車場　雪だるまつくれないほど雪のこってる

ばらばらに屋根の上から落ちながら雪解け水の光るそれぞれ

３月のながい小雨に三椏《みつまた》の花を見るだけ見てたあかるさ

アブラナ科だったらわりと菜の花と呼ぶと教えてくれてありがとう

むずかしいことではなくてとがってる４月の三日月が輝いた

まぶしくて見るとガラスで市役所の一面だけにさしてる朝日

下の方だけの葉桜　中の上ぐらいのワイシャツを買いたいな

こしあんと思案

携帯ショップでもらったストラップを持って豊かにすごす春の一日

この時間は準急も混む　たくさんの断層のこと考えている

つかれたらとても座っているだけのスーツの人になっていました

言い過ぎてしまったことを朝方のしめった草に触れながらおもう

５００ミリの牛乳パックを使い切り洗っていたらもっと会いたい

うまそうすぎて馬になる、ってメッセージにつづいてとどく絵文字の馬は

レインコートはふくらみながらふんばって台風に負けてない男の子

入り口はこちらと示す貼り紙のラミネートがほんのりずれている

猫耳のままでお店を出たひとがたばこをくわえてはずす猫耳

こしあんの方が好きって言いづらいこの場の空気どうするかなぁ

ともだちに借りてギターを弾いたこと　おもいだせないすてきなギター

Sit in the sun

解き方を忘れ去られたルービックキューブがこの町にいくつある？

信号機　秋の明るい駿台の前でだべっている男の子

歯列矯正の症例写真を見ることが趣味　ささやかにぼくを支える

酎ハイを手に平野部は心まで広がっていくみたいな夜だ

手に頬を乗せてもう片方の手をとっくりにかけている女の子

銀杏ばらばらばらばかな速さで日々は過ぎ本日であうすてきな鳩よ

砂利道の上にもみじが散っていてしゃがんできみは撮る　それを撮る

胸の底までお釣りが落ちてくるような涼しい夜を歩いていった

*

東京のきみはそろそろ起きるかな　椿の咲いている通勤路

憂鬱はセブンイレブンにやって来てホットスナック買って食べます

暗がりの中でもさらに暗がりがつよまるみたいにきみは眠った

シャンプーを薄めて使い切るまでをがんばりながら過ぎる一月

だれのためでもなく祈ること　玄関にひろった石をかざろうかなぁ

友だちと四つ葉のヤサカタクシーを見てそれっきり会わなくなった

きみと鴨見ていたことも丁寧に思い出したいひなたに座る

盆暗

はからずも春はあなたのはったりのうつくしくってねむる犬だね

手放した感覚が手にうずを巻き花冷えになるまで待っていた

絵に描いたようにきれいな三日月で写真に撮るとぼやけてしまう

キーボードの反力を指に灯しつつ書き換えられてゆくWikipedia

知育菓子をつくる彼女のそのはるか遠くを飛んでゆくスキーヤー

言いなりになることで思考の様式がきみに近づく春の雷

山の細部を見つめていると尖ってくる　住所はたまにわからなくなる

しらふだったらこの月の夜もなくなってしまうのかもな風弱く吹く

凸凹

よく笑うひとだとおもう道のうえ玉出がばかみたいにひかってる

ご安全に　そののち暗く語られるエイプリルフールの死亡災害

食べかけのままでテレビもついたままでWikipedia見ている春の夜

ほどほどの川が流れているほどの地元があなたにもあるでしょう？

駅までの道を覚えていきながらふたり暮らしのはじまる四月

兄からのメールの兄の人称がぼくに変わったその春のこと

新年度も広いニトリのそれよりも大きな駐車場　笑いたい

モノレールから見える校区は輝きとくすみを増した　さっき歩いた

空港でみる飛行機は普段よりでかくてそれなりにこころがおどる

外国ですこし過ごせば外国のarchitectに2人出会った

ある朝の運転手さんひとつかみの葡萄を食べてアクセルを踏む

たてものをふしぎな形にしたひとがどこかにいるのほほえみながら

ポップ体のようにかなしみはわいてくる　お休みに見るゲーム実況

おばあさんがうぐいす色の乗り物でゆっくり進む夕べの歩道

王将で打ち上げしよう7月の終わりのTOEICおわりの光

体操服のままのこどもが弾いている音楽教室すずしいのかな

お店の子にいれこんでいる彼のこと話す公園に虹噴きあがる

弾けなくなったギターのようにとりこぼす記憶・技術・夏のまたたき

バックホーが腕をたたんでやすんでるかわいい夜をきみにあげたい

風水をつよく信じるひとのことすこし信じる　青草を踏む

よくわからない盆踊り　適当でええねんときみが適当におどる

旅先の商店街に置いてある象の乗りもの　たのしいね生きるのは

ワイヤレスイヤフォンのまま地下鉄でおにぎりのラップを剥く男の子

３０歳になっても変なTシャツを着ててほしいなあってほんと？

夜も明るいA-1棟にふりそそぐラジオ体操の音がさびしい

暮れてきて八百屋がおろすシャッターにあらわれる青色のグラフィティ

音楽祭にとんぼはあふれ前で見てるすてきなシャツの肩にとまった

中華屋のショーウィンドウに麻婆茄子こぼれかけてる秋の日のなか

時間は常に置き換えられてゆくけれど引くだけで楽しいはずれくじ

鳥貴族で金麦（大）を頼まないとかリッチマンですかあ？　じゃないんですよ

力抜くことに力を入れること　大雨の夜中の換気扇

イートインの壁を見つめてコーヒーとからあげたべる静かな夜を

２０１８年９月

たこ焼き屋やってなくて屋根がとれているあたりがいつもより暗くなる

駄菓子ならなにが好きっていう話つづけて秋はほの明るんだ

いい意味でいなたい服やミュージックビデオに馴染むひとでありたい

据え置き、のひびきがぼくにうっとりと聞こえて徐々に目がさめてくる

トラス橋わたる束の間こころも揺れておもいだしてる構造力学

公園で大学芋をぺたぺたとさわって食べる平日の午後

愛でるように溶接痕を撫でながらこころにおもうこと消えていく

古墳には近づくことしかできなくて近づけばひりりりと虫の声

きみの書くきみの名前は書き順がすこしちがっている秋の花

いつもでこぼこな気持ちだ　消火栓の文字が擦れて消えかけている

レモン

出所のよくわからないWi-Fiをつかもうとするのはなんなの？秋の

刀を模した傘振り回す男の子　ぼくもそうしていた夏の夜

アレルギー性鼻炎の薬を倍の量へらしてすすむ秋の二人を

シャチハタを押すのがとても好きなのに　What the fuck?　不可のシャチハタ

なんとかすくいと名のつくすべて得意だった話のつづきを聞かせてください

ホッピーセットをおごってもらう一日の終わりにそれを思い出してる

蜂蜜のような匂いが吹いてきた工場を過ぎ振り返らない

いくつになっても円周率を覚えてる　いくつになっても　きみがいなくても

出遅れたマリオカートのそのあともずっとふてくされる男の子

買い換えるはめになったらiPhoneのとびきりいいやつを買いなさい

端数をおまけしあう一日　一年の最後はおまけして終わりたい

手応えを感じつつ皮をむいたあと食べても手応えが残ってる

しょうもない超能力を手に入れてきみを笑かすだけでいいかな

プリン体控えたいからお墓にはレモンの氷結を供えてね

テレビゲームしていたきみがやーめたって叫んで終える終わる十月

解説　すれ違うとき、ぼくはもらう

斉藤斎藤

LINE
○○○○ がスタンプを送信しました

Google
明日の○○区の気温は27℃の予想です

ヘルスケア
10,000歩を達成しました

Y！ニュース
黒人暴行死に抗議、全米でデモ　コロナでも多数集結

わたしのスマホのホーム画面に、さまざまな「通知」が出ている。世界のニュース、あしたの天気、友だちのスタンプなど、出どころの異なるお知らせたちが平たく液晶に光って

いる。ふしぎな気持ちになるのは、世界のニュースの隣りに、わたしの身体の情報も並んでいることだ。いまは表示されていないが、「夕方から気圧は下がり、あなたは頭が痛くなります」と予言してくれるアプリもあって、夕方がくれば頭は痛くなるのだ。スマホのほうがわたしより、わたしのことをよく知っている。

◇

近代短歌は、正岡子規の「写生」から始まった。子規の写生は、風景をカメラのように写すことだった。

ガラス戸の外に据《す》ゑたる鳥籠のブリキの屋根に月映《うつ》る見ゆ　　正岡子規

じぶんの部屋から、ガラス戸越しに鳥籠や月を見ている。近景から遠景へと視線は移ってゆくのだが、遠景から逆算すると、月→鳥籠の屋根→ガラス戸→（わたし）、と、風景を見ているカメラの位置が、そしてカメラの手前にいるわたしの位置が、確定できるように書かれている。[1]一首はとても客観的に書かれているが、一首の外側に、カメラのこちら側に、まぎれもなく〈わたし〉が存在する。

灰黄《かいこう》の枝をひろぐる林見ゆ亡びんとする愛恋ひとつ　　岡井隆

上句は「灰黄の枝をひろぐる林見ゆ」と客観的に風景を写生し、下句は「亡《ほろ》びんとする愛恋《あいれん》ひとつ」とわたしの感慨を主観的に述べている。世界とわたしはカメラによっていったん切り離され、カメラの向こう側の客観に、カメラのこちら側の主観が、ゆるく再接続される。風景ににじむ心情。近代短歌のわたしは基本、そのように構築されてきた。

雨の降りはじめが木々を鳴らすのを見上げる　熱があるかもしれない

阿波野のこの歌のつくりも、一見、岡井の歌に似ている。上句は風景、下句はわたし。だが「熱があるかもしれない」は、主観だろうか？　心情ではなく身体の情報だし、しかも「かもしれない」と自信なさげだ。「亡びんとする愛恋ひとつ」の言い切りにある確信、わたしのことはわたしが一番よく知っているという確信は、ここには見当たらない。

写真論の根底には何よりもまず「撮る者」と「撮られる者」の対置があった。カメラは撮影者を世界から切り離された「見る存在」にする、というのは今でも写真論の重要なテーゼだ。写真の倫理や権利の問題もこの構図の中にある。しかし自撮り

にはそれがない。今やカメラの後ろに「撮影者」がいるとは限らない。（略）
今や写真の中には当たり前に自分がいる。それは世界から切り離された主体という認識とは別の感覚をもたらすはずだ。(2)

阿波野巧也は１９９３年生まれ。こちら側にもカメラがついたｉＰｈｏｎｅ４の発売、およびインスタグラムの開始は２０１０年である。つまり阿波野は、大学時代に作歌をはじめるとほぼ同時に自撮り文化の洗礼を受け、世界と同じ画面に写る〈わたし〉をどう詠むか、という課題に直面した最初の世代ということになる。

すべてのものが立体的に見えすぎてこまる　微熱でゆく並木道
お金もらってうれしい真昼　バファリンでお酒を飲む　風景が体になじむ
冬のひかりにぼくの体があたたまる　都会で暮らしていたいとおもう

だからこれらの歌に、風景／心情の対置はない。世界の見え方とわたしの体調は互いにふかく依存していて、客観／主観を切り離すことはできない。そのようなわたしにおいて、「心」は体の部位のひとつに過ぎない。気圧が下がれば頭が痛くなるように、気温が上がれば心が思う、それだけの話だ。(3) 体温も気温も、風景も思考も、スマホからのお知らせのように、ひとつの液晶に光っている。

街だって自然だし造花だって咲いてるよ。　どうしてぼくだけがぼくなのだろう
ぼくにはぼくがまだ足りなくてターミナル駅に色とりどりの電飾
音楽にあふれて歩む鴨川の、ようやく気持ちが追いついてくる
ぼくの気持ちは２４時間営業のお店でぐちゃぐちゃに座ってる

ここに刻まれているのは、青年らしいアイデンティティの不安だけではない。テクノロジーの進化に伴う近代短歌的自我の危機が。カメラのこちら側で安全だった「ぼく」の「気持ち」は、ｉＰｈｏｎｅのどちら側に置けばいいのだろう？　という逡巡が、まぎれもなく刻まれている。

憂鬱はセブンイレブンにやって来てホットスナック買って食べます
父親とラッパの写真　父親は若くなりラッパを吹いている
太陽光パネルのついている家もいっしょになってすすむ夕暮れ

主人公にもなんやかんやあって、歌集後半の歌である。前半の歌に比べ、これらの歌の

わたしは世界の側にいることにだいぶ馴染んできているようだ。一首目、上句を読むと、「憂鬱」とはこの時代を覆う空気とかかな、と思う。つづけて下句を読むと、「憂鬱」はぼくのキャラの一つで、さびしいときコンビニで買い食いをするヤツだとわかる。つまり憂鬱とは、世界でも〈わたし〉でもあるような何かだ。二首目、フィルムカメラで撮られた写真と思われるが、写真を見るわたしの視線は、スマホ以降のそれである。父親もラッパも太陽光パネルもわたしも、カメラロールに四角く並んで、人さし指でスワイプするといっしょにスクロールしてゆくようだ。

雰囲気イケメンって別に悪いことじゃないでしょう、そして角度の変わるクレーン

歯列矯正の症例写真を見ることが趣味　ささやかにぼくを支える

すれ違うときの鼻歌をぼくはもらう　さらに音楽は鳴り続ける

『ビギナーズラック』にぐっと来るのは、主人公の人間的成長と作品の文体的成長とがシンクロし、世界とわたしの新しい関係がひらかれてゆくことだ。一首目、悪いことじゃないでしょう、は、おそらく他人の発言だが、わたしの独り言でもおかしくはない。どちらとも確定できないよう、発言はカギカッコで括られていない。二首目もたぶん、他人の発言の引用だ。ちょっとオタクっぽいひとが好きなものを語るとき、早口になるのは素

敵だ。ぼくを支えるのは、趣味自体ではなくその素敵さなのだけれど、あの話を聞いて以来、たまに歯列矯正の症例写真をググって見たりすることもある。彼(女)の趣味がちょっとだけ、ぼくの趣味にもなるこの距離感は、タイムラインのようだとおもう。(4) わたしが何かつぶやけば、タイムラインに乗って他人のつぶやきのようにもなる。他人の鼻歌とすれ違えば、それはわたしの鼻歌になる。世界はそのように流れつづける。

瓶のウィルキンソンを逆さに立ててみる　ずるしてもあなたは老いてゆく
生命保険会社のビルの窓ガラスが風景を反射する　ぼくは無力で
夜の居酒屋はじけるような暗算を見せつけられてうれしくなった
フジカラーの緑のベンチふたつみてずっとその後見かけて座る
幼いころは思い出せずに冬草の上にちいさく雪が光った
打ち切りになった漫画のことだって火花のように覚えていたい

そのほかにも、かっこいいリズムや時間論、いろんな角度の本歌取りなど、読みどころの多い、せつなくてみずみずしい歌集だ。もしあなたがいま本屋で、本文より先に解説を立ち読みしてしまっているならば、わたしの能書きはきれいに忘れ、とっととレジに行くべきなのだ。

◇

フードコートはほぼ家族連れ、この中の誰かが罪人でもかまわない

家族連れのすき間に、一人ぽつんと犯罪者がまぎれこんでもかまわない、という歌ではおそらくない。家族連れの家族の、父や母や祖母や祖父、あるいは少年少女がもし過去に人を殺していたとしても、いま見えない罪をわたしは問わない、という意味だとおもう。監視カメラに取り囲まれた、ぱっと見安全なフードコートの、ぱっと見しあわせそうな家族の、そのぱっと見を受け容れること。監視社会を肯定し尽くし、他人にふかく立ち入らないことで内面の自由を守る、したたかな抵抗だ。

1つ思考実験をしてみよう。体温と心拍数を1日24時間休みなくモニタリングするリストバンド型センサーの着用を、ある政府が全国民に強要したとする。得られたデータは蓄積され、政府のアルゴリズムが解析する。そのアルゴリズムは、あなたが病気であることを、本人が気づきさえしないうちに知るだろうし、あなたがどこに行き、誰と会ったかも把握している。そのおかげで、感染の連鎖を劇的に縮め、完全に断ち切ることさえできるだろう。そのようなシステムがあれば、ほんの数日

で感染症の拡大を止められることはほぼ間違いない。素晴らしい話ではないか？(5)

体温を測れるスマートフォンも、健康でないと入場できないショッピングモールも、技術的には容易いだろう。この国では、政府がそれを強要せずとも、国民が国民に強要するだろう。監視社会の監視の目が皮膚の内側までおよぶとき、阿波野巧也は、わたしたちは、「この中の誰かが陽性でもかまわない」と言えるだろうか？

（1）大辻隆弘『子規から相良宏まで』
（2）大山顕『新写真論　スマホと顔』
（3）このような、短歌における「心」の地位の低下は、スマホ以前から準備されていた。この低下の背景には、精神医療の世界において、カウンセリングや精神分析で内面の苦悩に向き合うよりも、投薬や静養やソーシャル・スキル・トレーニングで脳の調子や周囲の環境を整えることが重視され、「心が、かつてのような重みを持たなく」なったことがある。心の地位の低下は、文学の地位の低下にもつながる。上尾真道『発達障害の時代とラカン派精神分析』。および斉藤斎藤「敗北を噛みしめて」、「歌壇」二〇一九年一〇月号時評。

（4）タイムライン的ということ、および体温の歌について、浪江まき子「今、フラットな短歌を選ぶとして」（https://note.com/sputnik0821）をとても参考にした。永井祐、仲田有里、相田奈緒の短歌に、身のまわりの事物や身体や心をフラットに俯瞰する傾向があること。そして俯瞰の背景には、SNSのタイムライン的世界観があると分析する好論。

（5）ユヴァル・ノア・ハラリ「新型コロナウイルス後の世界――この嵐もやがて去る。だが、今行なう選択が、長年に及ぶ変化を私たちの生活にもたらしうる」、「フィナンシャル・タイムズ」二〇二〇年三月二〇日↓柴田裕之訳（http://web.kawade.co.jp/bungei/3473/）

あとがき

北白川を南から北へ、音楽を聴きながら琵琶湖疏水のそばを歩いていくと、二〇分もすれば北大路通へ出る。北大路通と東大路通の交差点にはミスタードーナツがあって、僕にはそこでカフェオレを飲みながら本を読む習慣があった。試験前の勉強もそこでする程度にはよく通っていた。その近くには新刊書店と新古書店があって、そこで買った本や漫画をひととおり読んだあとにカフェオレをおかわりしてから短歌をつくるのが、僕にとっての歌作の原風景のような時間だった。そこのミスタードーナツは二〇一九年の冬に、コミックショックという新古書店は二〇二〇年初頭に閉店してしまったらしい。

いまなすすべもなく失われていく瞬間や時間のことを考えると、怖くて泣きそうな気持ちになる。けれど、怖くて泣きそうなこの気持ちすらも、やがて忘れていくのだろう。

僕は時間へのせめてもの抵抗として短歌を書く。ここに僕やあなたがいた記憶が、定型の中で生き延びればいい。記憶のなかで、僕は繰り返し鴨川で花見をしつづけるだろう。

＊

本書は僕の第一歌集だ。二〇一二年から二〇一九年につくった三〇八首を、編年体で収録した。左右社の筒井菜央さん、選歌の協力をいただいた永井祐さん、デザインを手がけてくださった北野亜弓さん、装画をいただいたスケラッコさん、解説をいただいた斉藤斎藤さん、帯文をいただいた小山田壮平さん、それから、ひごろお世話になっているみなさま、そして手にとってくださったみなさま、ほんとうにありがとうございました。一首でもあなたの心にとどまれば幸いです。

二〇二〇年四月　大阪の自室にて

阿波野巧也

阿波野巧也（あわの・たくや）

一九九三年大阪府生まれ。

二〇一二年、「京大短歌会」、「塔」に入会。

二〇一七年、「京大短歌会」卒業。

二〇一九年、「塔」退会。

現在は同人誌「羽根と根」に所属。

二〇一五年、第五回塔新人賞。

二〇一九年、第一回笹井宏之賞にて永井祐賞。

ビギナーズラック

二〇二〇年七月三〇日　第一刷発行
二〇二〇年八月三〇日　第二刷発行

著者　阿波野巧也
発行者　小柳学
発行所　株式会社左右社
東京都渋谷区渋谷二－七－六－五〇二
TEL　〇三－三四八六－六五八三
FAX　〇三－三四八六－六五八四
http://www.sayusha.com

企画協力　永井祐
装画　スケラッコ
装幀　北野亜弓（calamar）
印刷所　創栄図書印刷株式会社

 ISBN978-4-86528-280-1